el **saltamontes** y las **hormigas**

the **grasshopper** and the **ants**

Published by Scholastic Inc., 90 Old Sherman Turnpike, Danbury, Connecticut 06816,
by arrangement with Combel Editorial.

ISBN-13: 978-0-545-02965-0
ISBN-10: 0-545-02965-1

This product is available for distribution only through the direct-to-home market.

12 11 10 9 8 7 6 5 4 3 2 1   7 8 9 10 11/0

Printed in the U.S.A.

First Scholastic printing, May 2007

el **saltamontes** y las **hormigas**
the **grasshopper** and the **ants**

Adaptación/*Adaptation* Darice Bailer

Ilustraciones/*Illustrations* Josep Bassa

Traducción/*Translation* Madelca Domínguez

SCHOLASTIC INC.

New York Toronto London Auckland Sydney
Mexico City New Delhi Hong Kong Buenos Aires

Una mañana de verano, las criaturas del bosque despertaron y comenzaron sus labores del día. Los patos se arreglaban las plumas y se bañaban en el frío riachuelo. Las libélulas revoloteaban sobre el río y las hormigas buscaban comida.

One summer morning, the creatures in the forest stirred and began their day. Ducks preened their soft feathers and bathed in the cool stream. Dragonflies darted over the river, and ants prowled for food.

Todos los insectos estaban muy ocupados, pues el verano es la época de prepararse para el invierno. Las abejas volaban de flor en flor, chupando el néctar para hacer miel y las hormigas buscaban comida entre las hojas y en la tierra.

All the insects were very busy, for summer was a good time to prepare for winter. Bees buzzed from flower to flower, sucking nectar to make honey, and ants skirted the leaves and soil, foraging for food.

Las hormigas habían estado muy ocupadas desde la primavera. Trabajaban en equipo, recolectando semillas y grano. Muy despacio y con cuidado, cargaban pedacitos de comida hasta el hormiguero donde los almacenaban bajo la tierra para el frío invierno.

The ants had been busy since spring, and they were hard workers. They worked as a team, gathering seeds and grain. Slowly and carefully, they carried each bit of food back to the anthill where it was stored underground for the cold winter.

Las hormigas iban una detrás de otra con sus semillas a cuesta. Una larga fila se extendía desde una esquina del jardín hasta el hormiguero. Cada hormiguita deseaba encontrar comida para el hormiguero.

One by one, the ants crept along with the seeds on their backs. A long line stretched from one corner of the garden all the way to the anthill. Each small creature was eager to help find food for the nest.

No muy lejos de allí, un saltamontes bostezaba con pereza y estiraba las patas bajo el sol.

"Hace mucho calor para trabajar", pensaba el saltamontes, mientras miraba a los otros insectos revoloteando a su alrededor.

———∞∞∞———

Not far away, a grasshopper yawned and stretched its lazy legs in the sunshine. It's too hot to work, the grasshopper thought as he watched the other insects bustling around him.

—¿Por qué trabajan tanto? —les preguntó el saltamontes a las hormigas—. Es verano y el sol está alto en el cielo y los días son largos. ¡Es tiempo de cantar y jugar! ¿Por qué no descansan un rato y cantan una canción conmigo?

<hr>

"Why do you work so hard?" the grasshopper asked, turning to the ants. "It's summer, and the sun is high and the days are long. It's time to sing and play! Why don't you rest for a while and sing a song with me?"

—No tenemos tiempo de cantar —dijeron las hormigas—. Muy pronto llegará el otoño y los árboles perderán las hojas y el suelo se pondrá duro por la helada. Tenemos que trabajar ahora que hace calor y hay comida.

"Oh, no, we don't have time to sing," the ants said. *"Soon it will be fall, and then the golden trees will be bare and the ground will harden with frost. We must work while it is warm and we can find food."*

Ese otoño, los árboles resplandecían con muchos colores. Las hojas rojas, amarillas y anaranjadas se iban cayendo a medida que las mañanas se volvían más frías y la escarcha congelaba las flores. Las hormigas ya estaban preparadas y se metieron en su madriguera bajo tierra mientras otros animales se refugiaban en sus nidos.

That fall, the trees were bursting with color. Red, yellow, and orange leaves fell as the mornings turned colder and frost chilled the flowerbeds. The ants were prepared, and they burrowed beneath the ground while other animals hid in their nests.

El saltamontes estaba solo, hambriento y triste. Anduvo de rama en rama y de hoja en hoja, buscando un amigo con quien jugar, una miga que comer y un lugar calentito para dormir.

The grasshopper was lonely, hungry, and sad. He crept from branch to branch and leaf to leaf, searching for a friend to play with, a crumb to eat, and a warm place to sleep.

Mientras tanto, las hormigas estaban calentitas en su hormiguero, comiendo los sabrosos granos que habían recolectado desde la primavera.

De pronto, las hormigas escucharon a alguien en la entrada del hormiguero.

Meanwhile, the ants were snug in their cozy nest, feasting on all the tasty grains they had collected since spring.

Suddenly, the ants heard someone at the entrance to their nest.

—Soy yo —dijo el saltamontes—. No tengo nada que comer.

Las hormigas movieron sus cabezas tristemente. El saltamontes perezoso había estado jugando cuando debía haber estado trabajando y ahora pasaría todo el invierno con hambre. ¡Ah, si hubiese escuchado los consejos de las hormigas!

"It's me!" said the grasshopper. "I have nothing to eat."

The ants just shook their heads sadly. The lazy grasshopper had played when he should have worked, and now he would have to spend the whole winter hungry. If only he had listened to the ants!

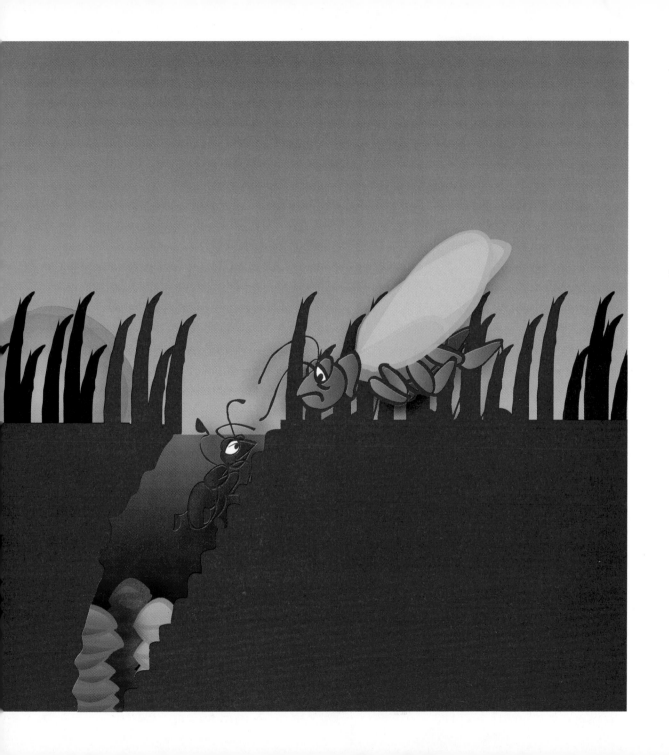